염하강의 아침

염하강의 아침

김기승 시집

좋은땅

시인의 말

내 인생의 많은 시간을 서울의 번화한 거리에서 보냈지만, 평화를 찾은 곳은 김포 문수산 기슭. 혈구산과 고려산이 멀리 보이는 강화도 사이를 유유히 흐르는 염하강. 자연과 추억, 내가 살아온 삶에 대한 이야기를 속삭이는 조용한 동반자가 되었습니다.

매일 아침 햇빛이 강에 닿을 때 나는 나를 형성한 기쁨과 슬픔, 즉 나의 사랑, 나의 상실, 시간의 흐름을 반성합니다. 이 시들은 나의 존재를 정의했던 순간들을 되돌아가는 여행으로, 오래된 추억의 실타래와 나를 둘러싼 자연의 아름다움으로 엮여 있습니다.

이 구절을 통해 나는 이곳의 본질과 내가 품은 노년의 삶을 포착하고 싶다. 이 글이 저에게 그랬던 것처럼 이 글을 읽는 사람들에게도 위안과 성찰을 가져다주기를 바랍니다.

2024년 가을, 봄빛정원에서—

차례

2부 **봄빛 정원**

3부 **면사포를 쓰고**

4부 우리가 거기에 있었다

5부 문수산이 속삭이다

1부

염하강의 아침

성동리의 오월

날마다 자라나는 나뭇잎
바람 따라 푸르게 출렁이는 물결

햇빛이 내려앉은 초록 잎새
신이 나서 흔들다
그만 멀미가 나고 말았네

초록 물결 사이로
잎새들이 토해내는 숨결
온몸을 감싸는 싱그러운 내음
가만히 그 향기에 취해 버렸네

절로 꽃을 피우고
절로 향기를 뿜어내는

구름과 비

구름아
너의 몸집이 얇고 작을 때는
하늘에서 예쁘게 볼 수 있는데

너의 몸집이 두껍게 커지면
하늘이 온통 어두워져
내 기분도 우울해

그렇지만
네가 빗살이 되어 땅으로 내려올 땐

너무 예쁘고
반가워서

난 초목들과 함께
하늘도 보고
땅도 보며
마중 나가곤 해

사람의 향기

사람의 향기에 취하고 싶다
한 잔의 술에 취해
더욱 목말라 가는 시간보다는

사람의 향기 속으로

그 누군가의 향기 속으로
목마른 술잔이 되어 흠뻑 취하고 싶다

내 마음
텅 빈 항아리로 허전할 때
사람의 향기가 채워지길 소망하는 것처럼

나도
누군가의 빈 곳을 채워 줄 수 있는
짙은 향기가 되고 싶다

왕대추

성동리 텃밭 대추나무
굽은 가지 끝에 매달린
초록빛 왕대추 한 알

태양에 그을려
곧 온몸이 붉게 얼룩지고
추석날 어느 집 제상에 제물로 오르든가
자칫
태풍에 내동댕이쳐질지도 모른 채

달랑 모가지 하나 걸어 놓고
세상만사 새옹지마라

작열하는 태양 빛에 일광욕을 즐기고
비바람 불어닥쳐도
뭉툭한 몸은 덜렁덜렁 춤을 춘다

夕陽

눈을 감고야 마는 그대의 열정 아래서

나도
온종일
뜨거웠노라

동막골의 봄

동막마을을 품은 문수산 자락
화려했던 잎은 가을에 모두 지고
가지와 기둥은 겨우내 얼었어도
다시 찾아온 시절 인연에
초록은 두텁고 거친 각질을 뚫어낸다

아! 또다시
문수산 자락 동막골엔
산천의 초목들과
경로당 어르신들 가슴에도
꽃이 피듯
몸서리치는 봄이 솟구친다

염하강의 아침

물안개 자욱하게 피어오른
월곶의 새벽,
희뿌연 안개 너머로
물빛에 비치는
산 그림자

풀섶에 맺힌,
눈가에도 매달린
이슬방울이 두 볼을 두드리면
슬며시 찾아오는
염하강의 아침

고목

거친 자리 탓하지 않고
꼿꼿하게 서 있던 고목
그만,
바람에 우지끈—
허리가 부러졌다

오랜 세월
비바람에
등걸만 남은 고목
저리 텅 비어
그만,
푸른 나날들만
그리워한다

뜰가에 서서

이슬방울 또르르 굴러가는
뜰가에 서서

고개 들어 하늘을 바라보니
푸르른 바다는
끝이 없고
솜털 같은 파도가 줄지어 간다

흘러가는 파도와 파도 사이
하느님의 자비로운 눈빛
우수수 쏟아져 내려

문수산의 모든 생명체
사르르 오감을 틔운다

진달래꽃

문수산, 그 커다란 어깨에
진달래꽃 가득 봄을 걸치고
한 걸음씩 다가오는가 싶더니

이내 고개도 숙이지 못한 나를
꼬옥 안아 버렸습니다

아!
어디가 봄인지?
어디가 꽃인지?

그저 한동안 향기 속에 묻혀 있다가
눈을 떠 보니

저편 북문 기와지붕 끝으로
하늘빛이 닿아 눈부십니다

파스토랄

사월의 비는
초록을 키우고 싶은 천사의 손길 같습니다

봄비가 싸안은 카페 김 서린 유리창을
사이에 두고
천사비는 내리고 커피 향은 오르는 동안
창밖 담녹의 야생초 이파리가
촉촉한 단비에 팔랑이고
벽시계 아래 둥근 기둥을 돌아서는
여인의 감색 치맛자락이 찬바람에 날려
순간 속살 하얗게 아름답습니다

공간을 채우는 음악과
고독해진 찻잔은 간절함을 자아내고
사월의 기다림은 천사비와 함께
대지의 깊숙한 곳까지 동행합니다

염하강을 짝사랑하다

물빛 그대로 다가오다
그만 입을 닫아 버리는 염하강을
그저 바라보기만 했다

행여나 눈치챌세라
살금살금 다가가기를 수 세월
아는 듯 모르는 듯
그저 무심하기만 한 염하강

오늘도 차마
고백하지 못한 채
발길 돌리고 마는 나를
그저 무심히 바라보는 염하강의 물빛

더 이상 그리워할 수만은 없기에
문수산 자락 성동리 작은 땅에 주저앉아
긴 철책선을 사이에 두고
함께 살아가련다

눈 내리는 밤에

온 세상 가득
하얀 눈이 내려왔다

낮부터 몸을 낮추며
울먹이던 잿빛 하늘 사이로
날리는
차디찬 눈발

처연히 내리던 눈은
다가오다 이내 멀어지고
끝내 아득해지는
소리조차 없는 그리움
내내 쌓이는 밤

낯선 고갯마루 위
하얗게 질린 채 걸려 있던
달이 품은 그림자가 떠나간다

장대비와 개양귀비꽃

장대비야! 네가 추락하는 시간 따라
내 기억의 삶터에 피어나던
꽃잎은 바닥에 흩어지고
줄기조차 쓰러질 지경이다

지난가을 이별의 대가로 얻은
척박한 영토에 흩어진 씨앗은
겨우내 흔적조차 없다가

봄빛이 찾아와 겨우 줄기를 키운
성동리 가는 길가의 개양귀비꽃

유월의 장대비가 내리치니
사랑은 더 멀리 떠나고
추억은 타박상을 입고
그리움조차 찢겨 나간다

개망초에게

문수산을 산책하다가
이른 봄 얼굴을 내민
너를 가만히 들여다본다

아직 차가운 바람 부는데
새벽 서리에 웅크린
너를 어찌하면 좋을까

내 눈빛도 외로울 텐데
환히 웃어주는
너를 그만,
끌어안아 버린다

오늘 따라 볕은
젖은 네 마음이 가여워
눈 시리게
온몸 비틀며 다가오나니

호박

성동리 봄빛정원 울 밑에
작고 여린 호박이 열렸다

호박, 너는
먼 나라 멕시코가 고향이라지

며칠 서울 집에 다녀왔더니
대추알만 했던 호박이
풍선만큼 커져 있는 것 아닌가!

아니, 금세 누가 이렇게 키웠을까?
깜짝 놀라서 자세히 들여다보니
네 몸엔

바람과
태양 빛과
흙내음이 가득 차 있구나

초병

어둠을 두른 문수산 능선 위로
하얀 달빛이 걸어가고

조명 빛이 어른거리는 염하강 줄기 따라
별빛이 뿌려지는데

초병은 보름달을 머리에 이고
강물 위에 뿌려진 별들을
촘촘히 눈에 담고 있다

문수산성 장대

끊길 듯 이어지는
성곽길 능선을 따라
정상을 향해 오른다

문수산성 장대에 다다르니
사지(四肢)의 긴장이 풀리고
동서남북
확 터져 내려다보이는 세상!

하늘 물감 가득한 산수화
열두 폭 병풍이
성스럽게 펼쳐져 있나니

가을 숨

가을이 세상을 덮었다

허파는
가을 숨을 쉬느라 벅차다

숨구멍도
자꾸만 하늘을 향한다

―흡, 들이마신다
세상이 내장 속으로 빨려들어 왔다

후―, 내쉰다
붉은 산과 바다가 튀어 나가 세상이 다시 선다

지금 나는
가을 허파다

2부

봄빛 정원

오만한 오류

대개의 사람들은 이렇게 생각한다

만약 자신이 다시 태어난다면
지금보다 훨씬 더 능력 있고
행복할 수 있을 것이라고…

공부도 잘했을 것이고
사회적으로 더 성공할 수 있으며,
결혼도 훨씬 잘할 수 있고,
더 부자로 살 수 있을 거라고—

그러나 그것은 바램일 뿐
존재의 이유가 있는 한

지금의 자신과 똑같이 태어나고
그대로 성장할 것임을 인식하지 못한
오만한 오류다

사랑

사막에서 방향을 찾는 것이 삶이라면
멀리서 들려오는 말발굽 소리를 듣는 것은
사랑이다

그것은 눈에 보이지 않지만
어디서든 내 주위를 맴돈다

한없이 가까워지는가 싶더니 멀어지고
그 형체를 보여 주지 않는 날도 많았다

그러나 그것은 나의 가슴을 뛰게 만들며
사막에서 빠져나가는
험난한 길의 동반자가 되어 주었다

1년

내려 두면 편한 것을
돌아서면 쉬울 것을
실 같은 줄을 놓지 못하는 우리

실로 따스했던 봄
실로 무더웠던 여름
가득 찼던 가을과 그리고 겨울

네 번이나 세상이 변하는 동안
내 삶은 조용히 치열했다

소용돌이치는 생각의 편린들
걷잡을 수 없는 그리움
곱씹지도 못하는 서글픔
곧 흩어져 날아가 버릴 속마음

몇 번이나 세상이 변해도
이내 창밖을 서성이고 마는

김포 장날

장터에서,
사람들 사이를 헤집고 걷다 보니
마치 여행이라도 온 듯한 기분이다

얼마나 살아냈을까
닳고 닳아 버린 생선 좌판
빛바랜 나무판자 사이로
반짝이는 푸른 고등어

얼마나 뜨거웠을까
하얗게 질린 채
가지런히 누워 있는
새벽 두부

저마다의 향기를 뿜어내며
생의 한가운데를
이미 지나쳤을지 모를 사람들 사이로
마디마디
따스함이 스며든다

빈집

금방이라도 주저앉을 듯한
낡디낡은 황토집 지붕 위로
호박넝쿨이 기어오른다

싸리 울타리는 이미 빛이 바래고
먼지바람만 겨우 쉬어 가는 빈집

그 옛날 옹기종기 모여 살던
식구들의 희로애락이 묻혀 있는
낡디낡은 황토집 지붕 위로
희망이 피어나고 있다

새해 첫날

헛되고도 헛되어라
부질없이 품은 꿈
지는 해에 모두 실어 보내고
커다란 해를 가슴에 안으니
울컥, 하고 열정이란 놈이
솟아오른다

잘 산다는 것

삶을 산다는 것은
길을 걷는 일이다

좋은 길
울퉁불퉁한 길
길이 없는 길을 걷는 것이다

삶을 산다는 것은
적당히 버리는 일이다

마음을 괴롭히는 생채기
사무치는 그리움
한숨과 아쉬움을 버리는 것이다

잘 산다는 것은
처음 가는 길을 지혜롭게 걸으며
버림으로 가벼워지는 깨달음이다

봄빛 정원

어르신 교통카드를 숨겨 놓고
직장도 다니는 척…

하지만,
문수산이 둘러싸 안고
염하강과 강화도가 훤히 바라다보이는,
싱그러운 아침 햇살과
감미로운 미풍이 불어오는
'김포시 월곶면 문수산로 174-29, 봄빛 정원'
그대를 만나서

새로운 일상
새로운 감성
매일매일 경이로운
새로운 세상을 살 수 있게 되었나니

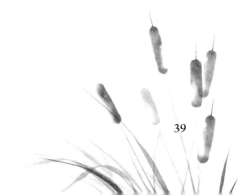

고래밥이나 되었으면

북녘땅이 훤히 바라다보이는 보구곶리
초병들의 그림자처럼
서녘 언덕에 엉거주춤 서서

곧 하늘로 날아가 버릴 염색체들과의
이별을,
그리고 우주선이나 타고 날아들 하얀 눈과의
만남을 생각하는 들판지기로 서 있다

날려 보내고 날아드는 게
시리도록 아름다운 자연인 것을…

남에서는 선전물을 날려 보내고
북에서는 쓰레기가 날아드니
차라리 모두
서해 바다 고래밥이나 되었으면…

동굴

삶을 뒤흔드는
천둥 벼락을 품은 태풍이
몰아치는 벌판에서도
온전하게 자신을 지키게 만드는
따스한 동굴을 짓습니다

사랑으로 문을 만들고
그리움으로 창을 내고
슬픔으로 서까래를 올려
집 같은 동굴을 지어 들어갑니다

우르르 꽝, 우르르 꽝
저 밖에서 들려오는 소리에
깜짝―
귀를 막고 보니
아직도 손에 쥐고 있던
내 마음이 무너지는 소리였습니다

교동 대룡시장

눈에 보이는 것마다
정겨움이 넘치고
"이것 좀 보고 가라"는 손짓 하나에
벌써 식탁 위로 올라가는 나물
입에 넣는 것마다
넉넉한 인심이 가득하고
"이것 좀 들여가라"는 몸짓 하나에
벌써 온기 가득한 대문이 열린다

세월의 골이 패인 주름진 할매의 손,
구수함을 덤으로 얹은 장돌뱅이의 목소리,
그 목소리를 닮은 아비의 따스한 정,
투박하지만 모나지 않은 이들의 몸짓,
그 몸짓을 닮은 식구들이 옹기종기 모여 앉아
절로 마음이 푸근해지는
식구 많은 집,
저녁상 거리 같은 시골 장터

손톱을 자르며

생각이 생각을 부르다 지쳐
온 방 안에 적막이 내려앉는다

벽돌처럼 차곡차곡 쌓아 올린 마음의 벽,
차마 넘지도, 허물지도 못하는 미련이
자꾸만 손톱을 자라나게 한다

게으른 손톱이 자라 할퀴고 간
내 온몸 가득한 생채기
백열등 불빛을 등지고 앉아
게으르게 자란 손톱을 자른다

쓸모없는 풀처럼
웃자란 손톱을 자른다
며칠 동안 벽만 두드렸던
열 개의 게으른 손톱을
살갗 밑까지 다듬으니,
그만 눈물이 터져 나온다

海江

정년을 마친 내 마음 쉬고파
유유히 흐르는 염하강
너를 사랑하게 되었는데

너는 밀물과 썰물이 오고 가는 바다였구나
바다와 강의 두 모습이라 해강(海江)이구나
또 짠 물이니
염하강(鹽河江)이라고도 불려왔구나

그래, 여러 가지 모습과 이름을 가진
너와 부둥켜안을 수 없으니
너의 오고 감을 먼발치서 바라보며
평생토록 짝사랑하려무나

나의 반성

지금 내 몸은 허약해졌지만
바다를 품은
넉넉한 마음이 있습니다

커피 향을 맡을 수 있고
하늘빛에 시린 눈물 흘릴 수 있으며
떨어지는 잎새에 두 손 내밀 수 있으니
오늘이 축복입니다

이따금 내 마음 슬프지만
세상을 가득 담은
아름다운 눈이 있습니다

꽃을 바라볼 수 있고
함께 찍었던 사람들의 사진을 넘겨보며
잠자는 시간에는 꿈을 꿀 수 있으니
나의 내일도 축복입니다

인생

눈 쌓인 산기슭
멍하니 바라본 나뭇가지
그 끝에

이내
흩어지고 말

무겁고
빛나는
순간이 머물러 있다

졸참나무

집 앞길에 죽 늘어선 키 큰 졸참나무
나뭇가지마다
붉은 혈흔이 물들어 가고

부스스 찬바람 일어
하늘 높이 이파리가 떨리면
가슴 속 후벼 든 한 움쿰의 秋情이
몸서리친다

차츰… 앙상해진 빛깔은
고요하고

빙빙 고추잠자리 그림자
온몸을 묶어

국화 향이 널부러진 마당에서
졸참나무처럼
겨울로 서 있노라

세월은

왜 이리 더딘가,
세월은

바람처럼 지나갔으면 하는 바람
빗물처럼 흘러갔으면 하는 눈물

이제야 돌아보니
더딘 것이 아니라
잡을 수 없을 만큼 빨랐구나

옹색했던 마음을 이기고
티끌 같은 욕심을 내려놓고
매일이 끝인 양
지금이 마지막인 양
그렇게 살아가야지

어느 것도 내 것이 아니고
어느 것도 너의 것이 아닌,

끝도 없이

왜 이리 빠른가,

세월은

아버지

모두 지친 저녁
코로나19로
온 세상이 느리게 흘러갑니다

시나브로 내려앉은 노을은
뒤죽박죽 엉켜 있는 세상 소식을
다독이며 잠재웁니다

고층 빌딩을 지나
꼬리에 꼬리를 문 자동차 행렬을 지나
노숙자의 발등에 접힌 고단함을 지나
처진 어깨 위에
무거운 삶을 짊어지고
아버지가 걸어갑니다

빗물처럼 흘러내리는 서러움
눈물처럼 쏟아지는 고달픔
그래도 노을을 바라보며

　　　　　　　　　　　염하강의 아침

삶의 보폭을 맞춰 가는

아버지…

등불

무심한 주인이 등불을 켠다
제 마음의 크기만큼 커다란 등불

황금처럼 일렁이는 불빛은
실랑이할 겨를도 없이
둥글게 금을 그어 놓고
달빛은 그만 아득해져
등불로부터 멀어져 간다

무심한 바람이 등불을 끈다
제 슬픔의 크기만큼 어두운 하늘

황금처럼 일렁이던 불빛은
붙잡을 겨를도 없이
가늘게 금을 지워 가고
여명(黎明)은 그만 성큼성큼
어둠을 뚫고 다가온다

염하강의 아침

3부

면사포를 쓰고

함께

아름다운 꽃을 보기 위해서는
땅을 보아야 하며
씨앗을 보아야 한다

오랜 시간 함께 이겨 내어야
비로소
아름다운 꽃으로 찾아오는 법

소중한 이를 보기 위해서는
마음을 보아야 하며
그리움을 안아야 한다

꽃으로 찾아와 나를 안은 그대!
마음을 보고 당신을 안은 나!

성동리 텃밭
해마다 태양을 품는 홍시처럼
함께 익어 가누나

그 순간처럼

저기 나뭇가지가
바람을 안고
파르르 떨리며 휘어진다

그대를 처음 본 순간
내 마음이 한껏 휘어졌던
그 순간처럼!

그대라는 꽃

꽃이 예쁜 이유는
혼자 피어난 그 꽃을
누군가가
바라봐 주기 때문이지만

그대가 예쁜 이유는
단 하나뿐인 그대의 존재를
나의 세계가
온통, 바라볼 수 있기 때문이나니

내 가슴에 당신이란 나무를 심은 후
매일 아침 피어나는
그대라는 아름다운 꽃!

문수산의 정기와
염하강의 젖줄이 맞닿은
성동리 텃밭에도 함께 어우러져
그 열매까지 향기롭나니

면사포를 쓰고

겨울 아침의 염하강이
얇은 면사포를 두르고
수줍은 모습을 하고 있습니다

강가에 서서
먹먹해지는 나의 마음은
어딘가로 향하고 있습니다

모두 다 드러내지 않기에,
보고 싶은 하늘처럼,
물안개가 덮은 호수의 눈을
보고 싶은 것처럼

그 옛날 면사포를 쓰고
내게 사뿐사뿐 다가오던
그대를 다시 보고 싶습니다

눈물이 아파요

사랑해요
사랑합니다
우리가 시작한 사랑 때문에
우리가 이별한 슬픔 때문에
사랑이란 존재는
꽃잎처럼 흩어져
가 버리네요

잊어야 하는데
떠나야 하는데
마음이 한낱 구겨서 버릴 수 있는 편지 같다면
그냥 구겨서 버리면 그만일 텐데…
사랑해요
사랑합니다
구겨진 그대 마음도 편지지는 아니잖아요?

내 마음이 아파요
내 눈물이 아파요

마음을 키운다

희망의 거름을 뿌리니
그 속에서 싹이 돋아나고
사랑의 비를 내리니
실낱같은 뿌리로 스며들어
훌쩍 커 버린 마음

겨울 준비

채 몇 개 남지 않은
앙상한 잎들이
서로를 토닥인다
곧 다가올
겨울바람을
잘 견디자고

채 몇 개 남지 않은
메마른 마음들이
서로를 그러안는다
곧 다가올
시린 사랑을
잘 보내 주자고

바다

누군가는 이별을 만나는 바다
누군가는 사랑을 만나는 바다

바다는 왜 거기에 있는지
그 바다로부터
밀려오고 밀려가는 파도는
왜 울고 있는지

사랑을 하면 바다를 알게 되고
이별을 하면 파도를 알게 된다

입맞춤

창밖으로
칠월의 단비가 촉촉이 내립니다

사색의 여정에 쉼을 주는
빗살들이 창으로 흐르며
그리운 형상을 그려냅니다

가까이 다가가 입 맞추니
투명한 유리창엔
입김 서린 자욱이 남아

뜨거운 애증은
눈물 되어 흐르고
그리움은 허공을 향합니다

강화도의 겨울 바다

추울 것만 같았지만
참으로 따스하게 맞아 주는 바다
비릿한 바다 내음 너머로
그리움의 마음이 떠밀려 간다

잡을 수 있을 것만 같았지만
손 내밀면 이내 멀어지는 파도
희뿌연 하늘 끝자락 붙드는 석모도에
외로움의 마음을 버려둔다

일렁이는 바다가
품어 안은 그리움
저만치 석모도가
그러안은 외로움

그렇게 강화도의 겨울 바다에
마음을 내려놓나니

새벽 커피

누가 만들었을까
손톱자국 선명한 찻잔에
새벽을 부어 넣고
달그림자 한 스푼
햇빛자락 두 스푼

달빛으로 휘저으니
텅 빈 찻잔 가득 채우는
아련한 그대의 향기

누가 잠을 깨웠을까
하늘을 베어 물고 얼굴 드미는 해님
어두움을 부어 넣고
젖은 아쉬움 한 스푼
설운 그리움 두 스푼

햇빛으로 휘저으니
향내 가득한 찻잔 이내 비우는
아득한 그대의 목소리

마음을 흥건히 적신

그 새벽을 마시네…

보문사 눈썹바위

처음 당신과 마주한 순간
백합이 떠올랐습니다

자비로운 눈매
세월을 입은 너그러운 품
보일 듯 말 듯 머금은
그 눈부신 미소가
시들어가는 나를 일으켜 세웁니다

순백의 당신,
자비로운 당신의 품속에서
슬픔의 얼룩 하나씩 지워내니
어느새 마음의 정원엔
백합이 뽀얗게 피어납니다

그날

가을비 내리는 일요일 아침
커피잔을 건네주며 곁에 앉아 기대는 그녀,
아파트 거실의 커다란 유리벽은
마주 앉은 그녀와 나를 바라보며
그날의 수채화를 그린다

입영열차에 몸을 싣고
멀어져 가는 그녀 모습을 바라보며
먹먹한 순간을 견뎌야 했던,
떠나는 기차를 향해
손 흔들며 울먹이던 그녀를…

그날
그녀의 커다란 눈동자에 맺혀 있던
눈물방울이 오늘 아침 가을비로 찾아와
두 아이가 모두 출가한 아파트 거실 앞
긴 세월의 벽을 타고 주르륵 흘러내린다

애기봉

장수와 기녀의 숭고한 사랑을 기리는
애기봉은
북녘땅이 손에 닿을 듯 저편이라

석가탄신일엔 높이 연등을 밝히고
성탄절에는 높이 추리를 밝히니
명절이면 실향민이 찾아 애가 끓고
사람들이 찾아오는 관광지가 되었다

전장터로 강을 건너간 장수를 기다리다
그 땅에 혼백을 묻고야 만
기녀의 절개가, 기녀의 사랑이 이루어 낸
위대한 역사의 장, 애기봉(愛妓峰)!

그 앞에 서서
우리는 부끄럽지 않은 사랑인지를
다시 한 번 생각해 봐야 한다

문수산에서

햇살이 퍼져 나가는
문수산의 숲길을 걷는다

야윈 손 꼭 잡고 걷다 보니
오늘이라는 선물이 감사하다

우리 다시 사랑한다면
두드리다 지쳐 돌아가지 않도록
활짝 마음의 문을 열고
작고,
느리고,
따사로운 것들이
천천히 오래오래 적시는
유월의 숲길을 걸어가리

낮달

나처럼
까만 밤이 싫었던 그가
별들의 조잘거림이 시끄러웠던 그가

나처럼
홀로 푸른 하늘 걷고 싶었던 그가
구름으로 떠돌고 싶었던 그가

환한 봄날,
이른 낮달로 스며든다

나의 천사

아침 하늘이 너무 맑아서
고개를 들고 한동안 바라보았습니다

거기, 그대가 있었습니다
하얀 이를 드러내며
환하게 웃음 짓고 있는 천사를 보았습니다

오늘 아침 하늘에서 만난
천사의 집은 내 가슴에 있습니다

천사는 24시간 카톡에서 근무하며,
가끔 문을 열고
나를 지그시 바라봅니다

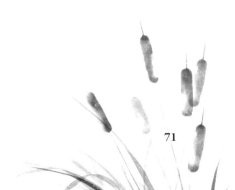

심장 소리

세상에서 가장 아름다운 것을
만났던 사람은

아무 이유 없이
온몸의 세포가 눈을 떠
가슴이 터질 듯
심장이 쿵쾅거리는 소리를
만났던 사람이다

4부

우리가 거기에 있었다

不變

꽃처럼 화려하지 않아도
잎새처럼 무성하지 않아도
변하지 않는다
나뭇가지는

바람처럼 스쳐 가도
구름처럼 흩어져 버려도
영원히 남아 있다
사랑은

出家

아들이 장가가 떠난 날,

바람 빠진 바퀴처럼
그 자리에서 헛도는 그리움에
이따금 마음의 강물이
흘러넘쳐 어쩔 줄 모르겠는 밤을…

딸이 시집가 떠난 날,

바람 빠진 고무풍선처럼
낮게 흐느적거리는 슬픔에
그치지 않는 그리움을 던지며
끝내 깊이를 모르겠는 밤을…

가을 아픔

키가 큰 나무일수록
잎이 더 많은 나무일수록

가을은
더 멀리 아프다

선택받고 싶다면

사랑, 그것의 주인공은 나이지만
신화 같은 인연 앞에서
결국 절반은 상대의 선택에 의한다

선택받고 싶다면
사랑받고 싶다면

나에게 있는 절반조차도
상대의 마음에 맡겨 두기를

구석

내가 서럽고 외로울 때
무의식적으로 찾아가는
그 따듯한, 어둡고 구석진 곳

먼지 쌓인 기억들이 잠들고
세월의 흐름 속에 잊혀진
쓸쓸한 공간…

그 외로운 곳에서
어머니는 언제나 포대기를 들고
지친 나를 기다리고 계신다

믿음의 수식

우리가 문득 행복해지는 순간은
누군가를 그리워할 때이며
그리워한다는 것은
그와의 추억이 쌓여 있기 때문이다

하지만 우리가 누군가를 사랑하는 순간은
나와 그의 전부가 만나는 것이기에
사랑한다는 것은
서로에게 믿음이 수식되어야 한다

사랑의 전후

지나간 추억은
나만의 시간 속에서
숙성된 기억이기에
아름다움만 남게 되지만

앞에 있는 사랑은
서로의 약속과
배려의 시간이기에
희생이 없으면
곧 사라지고 만다

용감하고 위대한 것

다름으로 자란
둘이서 만나

함께 살아왔다는 것과
함께 살고 있다는 것과
함께 살아간다는 것은

천둥, 번개, 소나기, 바람, 햇살
모두 견디고 겪으며 피어나는
향기 짙은 들꽃과 같지 않은가?

어디서든
늙어가는 둘이서
손잡고 걸어가는 모습은

그 무엇보다 용감하고
위대하나니

마음의 탑

더 곱고
더 좋은 것,
눈에 보이는 것은
돈으로 살 수 있지만

가장 좋은 사랑은
오직 마음 안에만 있는 것
마음 안에만 있으니
눈에 보이지 않지만

마음 하나 마음 둘
켜켜이 쌓아 가다 보면
높아진 마음자리의 탑만큼
깊어지는 慧眼

청춘의 숲

목마른 술잔은 제 무게를
스스로 못 이겨내고
순진한 영가를
목적도 없이 갈팡질팡 끌고 다닌다

몹쓸 기억 들을 지워 주겠노라며
어디에 있을지도 모를
청춘의 숲을 찾아 방황하고 있는데
밤하늘에서 별빛이 내린다

가여운 영가는
술병으로 쏟아져 내린 별빛을 따라
사랑할 수 없는, 사랑이 머문 곳
청춘의 숲속으로 떠나고 있다

우리가 거기에 있었다

우리들의 사랑은 준비할 겨를도 없이
한순간에 찾아왔고
이별은 서로의 변명을 들으려 하지 않고
터벅터벅 길을 나선다

그 시절 동안, 기다렸든 기다리지 않았든
찬란한 봄을 만났고 화려한 여름을 살다가
아름답고 서러운 가을 뒤로
모진 겨울바람은 어김없이 불어 닥쳤다

만남 뒤의 헤어짐이란 쓸쓸함
그냥 지나가길 바랐지만
운명처럼 세상은 탈색되어 흩어져 가고

숙녀의 목에 감긴 스카프는
바람에 흩날리고 있다

신사의 각진 어깨에 걸쳐진 외투 자락은
발걸음 어설피 멈칫거리는 동안

한없는 외로움을 향해 깃발을 친다

서로를 일으켜 세울 용기는
식어가는 찻잔 속으로 침몰해 가는데

사랑의 시작에서 이별을 볼 수 없었던 것처럼
이별 앞에서도 사랑의 시작을 기억하지 못한 채
침묵으로 안녕을 고하며,

그저 그 시절, 우리가 거기에 있었을 뿐이다
빛나도록 아름답게도…

관계의 모순

나는 그냥 나인데
어찌 다른 것과 비교를 할까?

너는 그냥 너인데
어찌 다른 것과 닮기를 바랄까?

변함없이 아름다운 관계란
그 모습 그대로 바라봐 주고
그를 그대로 인정해 주는 것

그 쉬운 것을
사랑한다는 이유만으로
참 어렵게 만드는 '관계의 모순'

덮어쓰기

오늘 거울에 비친 내 모습
어제와 똑같지만
진리는, 결코 어제와 같지 않다는 것

내 주변에 있는 모든 것들이
어제와 똑같지만
진리는, 모든 것은 변한다는 것

내 모습에서
착각이란 거울을 꺼내지 말고
상대에서 이유를 찾지 말고

어제보다 더 좋은 오늘로
덮어쓰기 하는 삶!
그것이 진실에 가까운 삶이다

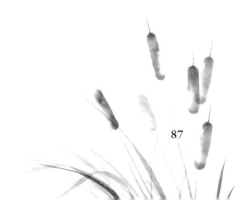

위로

삶에 지치면 저절로 발길을 옮기며
본능적인 목숨처럼 파고들던 어머니의 품
백합꽃처럼 하얀 미소로
지친 나를 그러안는 따스한 젖무덤

지친 세상살이 버티게 한
부여잡을 목숨 줄 하나
시간을 잘라내고 먼 여행을 떠났어도
서러운 가슴일랑 품에 버리라며
가슴 던지는 흰 눈으로 어루만져 주시고
뜨거운 눈물 빗물로 씻어 주시네

찬란한 이별

소나기가 오락가락하는
원두막에 앉아 물끄러미
처마 끝에 맺혀 가는 물방울 하나를 본다

울 먹 울 먹
그 먼 곳을 돌고 돌아
잠시 예 머무는 사이
설움 꾹꾹 참아내 보건만
그렁그렁 이내 떠나가야만 할
물방울 하나

그 안에 얼마나 많은 추억들이
형용할 수 없는 아쉬움과 미련들이
사랑이…
제 몸을 이기지 못한 채

서글피 흩어지는
찬란한 이별

그대는 나에게

나에게
해는 생명을 주었고
달은 그리움을 주고
별은 꿈을 꾸게 해 주고
꽃은 아름다움을 주었지만

그대는 나에게
해요
달이요
별이요
꽃으로 다가와
사랑을 알게 해 주었나니

들꽃

너는
햇살이 다가갈 때 잎만 피워냈고
달빛이 바라볼 때는 이슬만 머금었다
태풍이 불어도 견딜 줄만 알았고
장마 속에서도 눈물짓지는 않았다

성동리 언덕의 들꽃 하나가
아무렇게나 살아가는 듯 보여도
그렇게 견디어 꽃을 피워냈고
그렇게 침묵하며 깊은 향기를 품었나니

어느 모양의 인생인들
어느 모양의 사랑인들
깊은 눈을 가진
저 들꽃과 같지 않으랴

秋

깊어 가는 가을,
온몸으로 우는 나무

잎새가 떨어지는데
꽃잎이 지고 마는데
바람을 탓하랴

짧고 짧았던 인연,
온 마음 다해 사랑한 시절
그대가 멀어지는데
노을 지듯 아득한데
누구를 탓하랴

마음에 이끼가 끼고
온몸에 바람이 스치고
허무한 한숨만 남아도
미련한 나는,

염하강의 아침

두 손 휘휘 저으며

마냥 그 흔적 찾는다

길

황량한 인생길에
너마저도 없었다면

나는 어이 걸어가리
어이 나는 견뎌내리

누군가 걸어둔 등불 아래
아득하기만 한 걸음걸음

길은 없고,
길은 있다

5부

문수산이 속삭이다

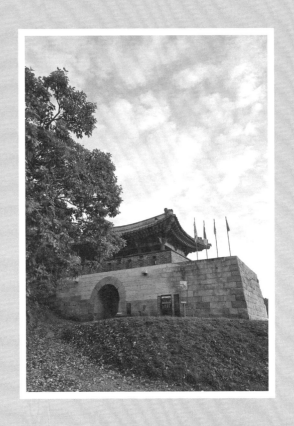

벌써 봄이

나서는 길, 자꾸 눈에 밟히는
앞마당 제비꽃의 보랏빛이
늦었다 허둥대던 급한 마음을 불러 세운다

한 잎 한 잎
꽃잎을 가만가만 누르다 보니
어느새 입가에 걸린 미소

길모퉁이 담장 사이사이로
생긋거리는 노오란 개나리

부끄러운 듯 볼을 물들인 진달래,
참았던 웃음이 터져 나온다
봄이 벌써 이만큼 다가왔는데
무딘 나는 문을 꼭 닫고 있었네—

고려산 진달래꽃 축제

바람에서 바람으로
꽃향기를 날리며 달리는
고려산행 어느 봄날

산에서 산으로
길고 길게 늘어선 진달래 꽃열차
겨우내 품고 있던 그리움
산득산득 골짜기 가득 풀어내면

봄 아지랑이 바글바글
꽃다지도 바글바글
울긋불긋 수를 놓으며

초록색 외투에
진달래 꽃 화관을 쓴
계집아이의 웃음소리가
고려산 꽃열차에 가득하다

카타르시스

한동안 시를 쓰지 않았더니
말이 낙엽처럼
마음속에 수북이 쌓였다

한동안 마음을 쓰지 않았더니
사랑이 터져 나오고 싶어
조바심을 부린다

다시 시를 쓰고
다시 사랑을 쓰니
까만 정령들이
여기저기서 춤을 추고
물 빠진 항아리처럼
슬픔이 사라진다

색소폰

저만치에서부터
삶의 귓바퀴에 살아 있음을 환기시키는
처연한 선율이 걸어온다

찬란한 금빛 소리가
모든 무채색을 날려 보내면
푸른빛으로 물드는 투명한 공간
잡힐 듯 잡힐 듯
읽힐 듯 읽히지 않는
금빛 목소리 뒤로
처연한 삶이 일렁거린다

영혼의 메아리를 주고받으며
서로의 무게를 쌓아 간다
멀리 떨어져 있어도 지울 수 없는
마음의 그림자처럼
우리 곁에 머물며
삶을 수놓는 금빛 목소리

문수산이 속삭이다

바삐 문수산 길을 걷다가
잠깐 하늘 좀 보라며
얼굴을 간질이는 염하강의 향기에
잠시 발걸음을 멈추어 봅니다

얼마나 살아냈을까
생의 한가운데를 이미 지나쳤을
아름드리 소나무들이 모여
지친 삶에 위로를 건넵니다

비록 조금 더디 갈지라도
친구의 손을 잡아 주며
나무 심고 넓은 세상 구경도 하며
함께 걷는 '우리'가 되라 합니다

잠

갖고 싶어 쌓아 두고
채 읽지 못한 책들처럼

후회가 발목을 잡고
지나간 일에 매달려
잠 못 이루는 밤…

잊을 것은 빨리 잊자
버릴 것은 빨리 버리자
내일이 도망치지 않게

하루에 하루를 더 포개는 시간
쉬이 오지 않는 잠을 청한다

시련이 닥치면

시련이 닥친 순간에는
교훈도 교훈이 될 수 없나니
그저 모든 것을 시간에 맡겨 놓고
바보 같은 자유가 되어라

시간은
자유가 된 그대의
무거움을 덜어내 주고
박힌 것은 뽑아 주고
구부러진 것은 펴 줄 것이니

살다가 시련이 닥치면
그냥 바보가 되어라

대나무

속이 텅 빈 채 서 있는
가늘고 긴 대나무

천둥 번개가 내리쳐도
비바람에 깃발처럼 흔들려도
그 세월 묵묵히
오직 제 몸을 修身하였나니

그 인고의 흔적
마디마디에 다지고
내공에 성찰을 품으니
절개와 군자로 서 있구나

침묵

시련을 겪은 영혼이
넘지 못할 것 같은 벽 뒤의
그늘에 가려져 있을 때
커다란 지진은 벽을 흔들어 놓았다

갈라진 벽 틈 사이로
기적 같은 한 줄기 빛이 스며들었다
그것은 강렬하였다

만물이 소생하듯 온몸의 세포가
세상을 향해 다시 눈을 떴다
움츠렸던 영혼은
주체할 수 없이 춤을 췄다

그러나
커다란 숲을 이루리라는 의기는
여름날 온도를 잘 조절하지 못한 채 흘러갔고
세월이 흐를수록
잘못된 흔적들로 무수히 얼룩져 있음을

깊이 알게 된다

숙연하게 바라보는 시선이라도
아름답다고 생각했던 가을날조차
머묾을 허용하지 않는 듯…

이 서늘한 끝에 서서
추억이나마 고이 담아 놓을 그릇 하나조차
빚어내지 못한
그 아픈 가난함을 등지고
침묵을 향해 떠난다

시간의 먹거리

나는 시간을 먹고 살아간다

꿈꾸는 시간에는 희망을 먹고
희망의 시간에는 노력을 먹고
노력의 시간에는 진실을 먹는다

그렇다고 나의 추억과 역사가
모두 맛있고 행복하게 배설되지 않는다

세상과 부대끼는
나의 뇌와 행동이 시간의 먹거리가 되어
어떻게 소화될지는
도무지 다 알 수 없으니까…

관념 차이

세상에 피어난 수많은 꽃
제각기 다른 형태로
색깔도 향기도 모두 제각각이기에
그 독특함이 아름답다고
인류에게 사랑받는다

그렇게 다양한 것이
아름답고 사랑스러운 것이라면

제각기 다른 모습을 가지고 태어나
다름으로 살아가는

너와 나는

참으로
아름답고 사랑스러워야만 하나니

여름에 국화가 피다

서둘러 피어난 만큼
서둘러 가야 하는 길
꽃망울을 떨구기까지
못내 지키고 싶었던
사랑의 말

서둘러 가야 하기에
서둘러 피어난 국화

무더위를 제치고
하이얀 꽃잎을 피워내고
다시 떨구는 국화

상처 하나 없이
살아가는 이가 어디 있으랴
꽃잎이 떨어지는 순간
그만, 함께 내려놓은 미움

落花

높게 핀 꽃일수록

많이 핀 꽃일수록

지는 상처가 크다

문수사

김포 문수산 중턱에 자리한 산사 하나
이따금 오가는 행인들이 둘러볼 뿐
중이 잘 보이지 않는 절,

부처님 오신 날에야 목탁 소리와 향 내음이
산중을 흐르나니
공수래공수거 부처의 말씀을
절간이 홀로 실천하는 절 文殊寺다

바람이 스쳐 가는 절간 마당을 딛고
시야로 들어오는 고려산과 혈구산
산 아래 강화대교 아래로
유유히 흐르는 염하강의 풍광을 보노라면

'無我之境' 스스로가 부처라
자연의 허허로운 철학적 사유는
無慾으로 삼라만상을 투사하고 있나니

우리들의 생일날

끝이 없을 것 같은
땅 길은
뒤돌아올 수 있지만

그날이 그날 같은
인생길은
단 하루도 뒤돌아올 수가 없나니

우리들의 생일날
오늘 하루만큼은
지구 밥상에 차려진 산해진미로 식사를 하고

해와 달과 별들의 조명 아래서
가장 멋있고
아름답게 걸어 보자

삶

만약
神이
"네게 삶이란 무엇이냐?"고 묻는다면

나의 대답은,

"세상의 모든 게
진실인 듯 진실 아닌
거짓인 듯 거짓 아닌
현존세계에서

각자에게 주어진
관계와 기억의 본능이
고통스럽게 사라져 가는 과정이다"

그곳에 가고 싶어라

나 지금 그곳에 가고 싶어라

풋풋한 초목의 냄새
살갗에 젖어드는 오솔길 따라 오르면
호수가 거울처럼 보이는 곳!

절간 앞에 다다르면
향내는 코끝에서 그윽이도 향기로워
기왓장 쓰러진 마당, 내 영혼도 쓰러져

당나귀 귀 쫑긋 세운 정재 스님 반가운,
흘러내린 촛농 향 내음 따라
가을이 내리는 곳

지리산 고운암

나 지금 그곳에 가고 싶어라

겨울, 그리움

차가운 눈발 속으로
그리움이 파고든다

서로 등을 기대어
따스한 온기 주고받다가
이내 하나둘씩 사그라들어
가슴이 질펀해진다

모질도록 언 마음 뒤로
가만히 들려오는 흐느낌 소리

속으로 채 삭여내지 못한 채
굳어진 울음들이
창백한 달의 민낯을 타고 흘러
이 땅으로 모여든다

지구를 밟고 서서

지구를 밟고 선 내 발바닥이
저 반대편,
누군가의 발바닥과 마주하는 순간
내가 바라보는 우주의 위는
그가 바라보는 우주의 아래가 된다

내가 중요하다 여기는 것이
그에게는 아무렇지 않은 것인 것처럼
우리가 바라보는 가치가
모두 진리가 될 수는 없다

가만가만 눈을 감고
나와 그대의 발바닥이 마주하는
뒤집힌 세상을 바라보면
조금은 마음이 너그러워지지 않을까?

머무루(留島)섬을 아시나요?

한강 하구에는 작은 섬이 하나 있다
김포 월곶면 보구곶리 산 1, 2번지
현재 명칭은 '유도留島'섬이다

그 옛날 홍수에 떠내려가다가
그곳에 머무르게 되었다는 전설로
머무루섬이라고도 불린단다

뱀이 많아 巳島라고도 불리며
남북 중립수역 구역으로
남북한의 육지와 가장 가까운 섬이다

대홍수 때 북에서 황소가 떠내려와
5개월 동안 섬에 머물자
우리 해병대가 구출하여
평화의 소로 지정되고
제주 牛島의 암소와 짝이 되어
7마리의 후손을 남겼다

사후 유골이 김포 두레문화센터에 보존되었다니
인연이 되면 오래 머물게 되는
신비의 섬 아닌가?

그래서일까?
개가 누운 모습의 머무루섬을 바라보노라면
내 눈길도 오래도록 머물게 된다

문수산성에 내리는 비

먹빛 구름이 드리운 하늘
무거운 잿빛 비가
가누지 못한 황빛 슬픔 그대로
저, 문수산성에 내린다

소리도 없이
문수산성을 촉촉이 적시며
슬픈 역사를 읽어내려 가는데

나는 순간 깊은 상념에 눈감고
지나간 역사에 가정이라는 망령이 들고
병풍처럼 산성을 둘러싼 산 아래로
저, 회색빛 호수가 앉았다

무거운 빗방울 사그라들고
먹구름은 어느덧 잎새 사이로 가리우고
한껏 너그러이 품어 안는 호수는
저, 잔잔한 물결을 실어 보낸다

영원히

시인의 인생길에서
짧게
또 길게
보석같이 아름답고 소중했던 만남들…

모두 한 가닥씩, 함께 주인공으로
추억을 연출했던
그 사랑스러운 인연!

깊이깊이 감사드리며
제 가슴 속
맥박 뛰는 소쿠리에 담습니다

영원히―

염하강의 아침

ⓒ 김기승, 2024

초판 1쇄 발행 2024년 11월 25일

지은이   김기승
펴낸이   이기봉
편집   좋은땅 편집팀
펴낸곳   도서출판 좋은땅
주소   서울특별시 마포구 양화로12길 26 지월드빌딩 (서교동 395-7)
전화   02)374-8616~7
팩스   02)374-8614
이메일   gworldbook@naver.com
홈페이지   www.g-world.co.kr

ISBN   979-11-388-3755-2 (03810)